四十八则义的典故

影响一生的中华传统美德经典故事丛书

诸华 编著

中山大学出版社
SUN YAT-SEN UNIVERSITY PRESS
·广州·

版权所有　翻印必究

图书在版编目（CIP）数据

　　四十八则义的典故／诸华编著．—广州：中山大学出版社，2016.5

　　（影响一生的中华传统美德经典故事丛书）

　　ISBN 978-7-306-05570-5

　　Ⅰ．①四… Ⅱ．①诸… Ⅲ．①故事-作品集-中国 Ⅳ．①I247.8

中国版本图书馆CIP数据核字(2015)第314745号

四十八则 义 的典故

出 版 人：	徐　劲
策划编辑：	诸　华
责任编辑：	邓启铜
封面设计：	林棉华
责任校对：	邓启铜
责任技编：	黄少伟
出版发行：	中山大学出版社
	编辑部电话　(020) 84111996，84111997，84110779，84113349
	发行部电话　(020) 84111998，84111981，84111160
地　　址：	广州市新港西路135号
邮　　编：	510275　　　传　真：　(020) 84036565
网　　址：	http://www.zsup.com.cn
E - mail：	zdcbs@mail.sysu.edu.cn
印 刷 者：	佛山市浩文彩色印刷有限公司
规　　格：	700mm×1000mm　1/16　6.5印张　150千字
版次印次：	2016年5月第1版　2016年5月第1次印刷
定　　价：	18.80元

本书如有印装质量问题影响阅读，请与出版社发行部联系调换

　　弘扬优秀中国传统文化，移风易俗，拯救社会道德滑坡，必须从德育抓起，必须从少年儿童抓起。民国初年，湖州老儒蔡振绅找到志同道合者，以正史中的故事为依据，按中华传统美德"四维八纲"即"孝悌忠信，礼义廉耻"八方面，共集了七百六十八个经典故事，这些故事都是历史上耳熟能详、感人肺腑的典故，少年儿童从小熟悉这些故事，不但可以将中华传统美德植根于内心，更可以熟悉历史，从而受用终身。

　　我们取其精华，弃其糟粕，从中各挑选四十八则经典故事，编译成这套"影响一生的中华传统美德经典故事丛书"，以期在中小学弘扬优秀传统文化的教学实践中，增加学生的道德修养和历史知识的积累。达成此初衷，是我们的荣幸。

编著者
2015.7.31

目录

一 冯谖焚券 / 002
二 仲连蹈海 / 004
三 共姜柏舟 / 006
四 臧氏义保 / 008
五 贾母倚闾 / 010
六 杵臼救孤 / 012
七 干木逾垣 / 014
八 王蠋自经 / 016
九 殖母遣子 / 018
十 义姑退兵 / 020
十一 赵氏摩笄 / 022
十二 楚清捐产 / 024
十三 楼护养吕 / 026
十四 云敞葬师 / 028
十五 珠崖二义 / 030
十六 苞母勖子 / 032
十七 栾布就烹 / 034
十八 郑弘上章 / 036
十九 廉范狱卒 / 038
二十 宋弘念旧 / 040
二十一 巨伯请代 / 042
二十二 关公秉烛 / 044
二十三 臧洪死友 / 046
二十四 王修哭谭 / 048

目录

二十五　张飞断桥 / 050

二十六　祖逖避难 / 052

二十七　敏元奋剑 / 054

二十八　温峤求粮 / 056

二十九　进之救友 / 058

三十　孙赵培城 / 060

三十一　公义变俗 / 062

三十二　元振济窦 / 064

三十三　平阳义师 / 066

三十四　李杨保城 / 068

三十五　汉宾惠人 / 070

三十六　章练全城 / 072

三十七　禹钧义方 / 074

三十八　查道博施 / 076

三十九　仲淹义田 / 078

四十　孝基还财 / 080

四十一　天祥衣带 / 082

四十二　刘濠焚宅 / 084

四十三　唐珏收骸 / 086

四十四　苏轼还屋 / 088

四十五　文之不屈 / 090

四十六　蔡伸发廪 / 092

四十七　敬益归田 / 094

四十八　张霍守堡 / 096

践行社会主义核心价值观

富强 民主 文明 和谐 自由 平等

公正 法治 爱国 敬业 诚信 友善

植根于中华传统美德的四维八纲

孝悌忠信 礼仪廉耻

本书的经典故事将影响孩子的一生！

一 冯谖焚券

周朝战国时,齐国人冯谖,去薛这个地方为孟尝君收债。他假托孟尝君的命令,把百姓们欠他的债都赐予了百姓,并把借款的凭据当着百姓的面统统烧掉了。回去后,孟尝君问:"债都收回来了吗?怎么回来得这么快?"冯谖回答说:"收完了。"孟尝君问道:"买了什么回来?"冯谖回答说:"买了义气回来。我看你府上金银珠宝储备充盈,惟独缺一个'义'字。"孟尝君听了,有些不高兴,勉强答应了一声。后来孟尝君被废官,门下的食客都离他而去,只有冯谖跟着他一起驾车到薛城。他们的车马离薛城还有一百里的时候,薛城的老百姓都来迎接。孟尝君非常感触,对冯谖说:"今天终于看到你给我买的'义'了。"

二 仲连蹈海

周朝末年,齐国人鲁仲连游历至赵国。当时秦国包围了赵国,赵国十分危急。魏国就派遣一个叫新垣衍的使者去游说赵国,让他们认秦国国君做皇帝。鲁仲连去见新垣衍,说:"秦国是抛弃礼义、提倡杀人记功的国家。上面的人运用权术,对待百姓如同对待俘虏。如果他们就这样肆意地称帝,那么我宁愿跳到东海去死,也不愿意做秦国的臣民。"秦军听了这话,退后了五十里。

三 共姜柏舟

周朝时候，卫国世子共伯的妻子姜氏，是齐国女子。共伯很早就去世了，姜氏坚守贞节不肯再嫁。姜氏的父母想把她嫁给别人，姜氏发誓死也不肯再嫁。姜氏作了一首《柏舟》诗，诗里说："驾着一只柏木做的船啊，在那河里行驶。你看他那垂在额前的头发，真是我的好丈夫。我守着贞节到死也没有二心，可我的父亲母亲啊，却不体谅我守节的决心。"姜氏的父母看了这首诗，也不再强迫她嫁人了。等姜氏死了以后，卫国人就称她作"共姜"。

四 臧氏义保
sì zāng shì yì bǎo

周朝时候，鲁孝公称的保母臧氏是一个很有义气的保母。当时伯御造反，杀了鲁国的懿公自立为国君，派人四处寻找公子称，要杀掉他。臧氏叫自己的儿子穿上称的衣服，躺在称躺的地方，伯御以为是称，就把他杀掉了。臧氏抱着真正的公子称逃走了。鲁国大夫知道公子称在臧氏那里，于是就请周天子杀了伯御，立公子称，就是后来的鲁孝公。鲁国人很敬重臧氏的义气，称她为"义保"。

五 贾母倚闾
_{wǔ jiǎ mǔ yǐ lú}

周朝时,齐国的王孙贾,是齐王的同族。淖齿叛乱,齐国的湣王逃了出去,被人杀死,王孙贾找不到湣王在哪里,就失望地回了家。他的母亲说:"你早上出去不回来,我靠在门上盼着你回来;你晚上出去不回来,我倚着里门盼着回来。如今你服侍君王,君王逃了出去而你却不知道君王去了哪里,你还回来做什么呢?"于是王孙贾便离开家,召集市民组成军队,歼灭了淖齿,又找到了王子法章,立他做齐国的国君。君子称赞王孙贾的母亲很有义气,还很会教导儿子。

六 杵臼救孤

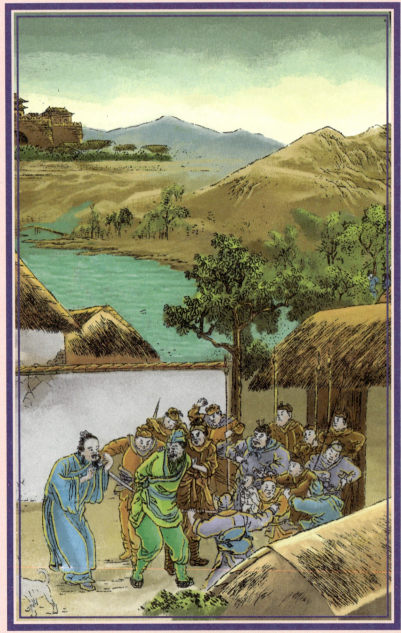

周朝的时候,晋国的公孙杵臼和程婴都是赵朔的门客。后来屠岸贾把赵朔杀了,又想找到赵朔留下的孤儿来杀掉。公孙杵臼和程婴想保护孤儿,他们想出一个办法,公孙杵臼抱了一个别人的孩子躲藏到山里,让程婴假装去屠岸贾那里告发,说:"只要你们给我一千金子,我就告诉你们赵氏孤儿所在的地方。"屠岸贾就派了将领跟随程婴去攻打公孙杵臼,公孙杵臼又假装很恨程婴的样子,对他说:"程婴你这个小人!就算你没有能力抚养孤儿,难道你就忍心拿他卖钱吗?"于是屠岸贾就把公孙杵臼和孤儿杀了。而真正的赵氏孤儿,在程婴那里。

七 干木逾垣
qī gān mù yú yuán

周朝时魏国的段干木品行高尚,不肯做官,拜卜子夏为师学习。魏文侯想见他,去他家里造访,段干木翻越围墙逃了出去。魏文侯坐车经过段干木的家门,一定要以手抚轼,表示尊敬。驾车的人问道:"段干木只是一个普通百姓,您在他家门口行敬礼,不会太过分了么?"魏文侯说:"段干木因他的道德而光荣,我因为土地而光荣;段干木因为他的义气而富有,我因为钱财而富有,我怎么敢不尊敬他呢?"有一次段干木悠闲地躺在高原上的茅舍里,秦国军队攻打魏国,知道段干木的品行高尚,于是就退了兵,不攻打魏国了。

八 王蠋自经

周朝时齐国的王蠋,屡次劝谏湣王,湣王不听,于是就辞官隐居,到郊外种田去了。后来燕国攻破了齐国,燕国的大将乐毅听说了王蠋的贤良,就准备了礼物去请王蠋出仕,王蠋辞谢不去。燕国人说:"你如果不肯来做官,我们就要屠杀你所在地方的百姓。"王蠋说:"国家破碎君王已死,我又有什么理由继续活着?与其不仁义的活着,还不如死了。"说完就上吊自杀了。齐国官员听说之后说:"王蠋,一个普通的百姓,都能够讲义气不去辅佐燕王,更何况我们这些拿着朝廷俸禄的臣子呢?"于是就寻找湣王的儿子法章,立他为王。乐毅听说王蠋死了,增修了他的坟墓,然后就离开了。

九 殖母遣子

周朝时，齐国人杞殖的母亲，为人慷慨，通晓大道理。有一次，齐侯想要攻打卫国，就挑选了勇敢的宾客，坐了满满五辆车。可是杞殖和另一个勇士华旋都不在这班宾客之中。杞殖觉得非常羞耻，回到家里不肯吃饭。他的母亲对他说："如果你活着的时候没有做有义气的事，死了没有好的名誉，那么即使你在这五辆车的宾客之内，别人谁不来笑话你？如果你活着的时候做有义气的事，死后又有很好的名誉，那么那五辆车子的宾客，都在你之下。"母亲催促杞殖吃饭，然后叫他仍旧跟着齐国的军队去打仗。等到开战的时候，杞殖和华旋最先攻进敌军，齐国的军队跟在后面，于是把卫国的朝歌这个地方攻打了下来。

十义姑退兵
shí yì gū tuì bīng

周朝的时候,齐国攻打鲁国。齐军到了郊外,看见一个妇人,手里牵着一个孩子,怀里抱着一个孩子。齐国的士兵追赶她,她丢下抱着的小孩子,跟牵着的孩子一起跑了。士兵们追上了她,问她为什么这样做,她回答说:"刚才手里牵着的,是哥哥的孩子,丢下的是自己的孩子。我看当时的情况,两个孩子不能都保全,我宁愿舍弃自己的孩子。"齐国的将士问:"哥哥的孩子和自己的孩子,谁更亲近?"那妇人说:"对自己的孩子,是一种私人的疼爱;对哥哥的孩子,是一种无私的道义。抛弃了自己的孩子,虽然心疼,但在道义面前又算得了什么呢?"齐国的将士听了,很感叹,就停止了征战,不再攻打鲁国,妇人和两个孩子都得以保全。鲁公得知了此事,就赏赐给那个妇女很多物品,并称她为"义姑姊"。

十一 赵氏摩笄

周朝的时候,代国国君的夫人赵氏,是晋国大夫赵简子的女儿,赵襄子的姐姐。赵简子去世了,赵襄子还没脱去丧服,就请了代国的国君来饮酒。厨子趁上菜拿铜勺打死了代国国君。赵襄子一举起兵攻下了代国,然后要迎接他的姐姐回来。赵氏叹息着说:"我听说妇人从道义上说是不能有两个丈夫的,我难道能有两个丈夫吗?为了弟弟怠慢了丈夫,是不义的;为了丈夫怨恨弟弟,是不仁道的。我不敢抱怨,但也不能回到赵国。"于是就登到高山山顶,大呼着苍天,用簪子刺太阳穴而死。代国百姓都很怜惜她,为了纪念她,就把她死的那座山命名为摩笄山。

十二 嫠清捐产

秦朝的时候,巴郡有一个寡妇名字叫清,她的祖先得到了一座出产丹砂的矿山,专享了好几代。清虽然守寡,但能守住这个世业,用金钱保护自己,因此不受侵犯。秦始皇要修筑长城,在巴蜀一带,要去做工的人达一万多人。清就上书给皇上,情愿把家产一百多万尽数捐出来,筑建几百里的边城,不费用官府的钱。百姓们又不必离开家乡,又可以得到工钱,因此大家都争相效力。仅仅几个月时间,边城已经修建得十分完固。秦始皇称赞了她,并建造了一座"怀清台"来嘉奖她的义气。

十三 楼护养吕

汉代的楼护,字君卿,身材矮小。他的谈论都依据名节,因此听众都很受感动。楼护有位老朋友吕公,没有儿子,于是就来投靠楼护。楼护和吕公一起吃饭,楼护的妻子和吕公的妻子一起吃饭。后来楼护告老住在家里,楼护的妻子有些厌烦吕公,楼护流着眼泪责备妻子说:"吕公因为自己很穷,没有儿子,年纪又大了,所以把自己托付给我,出于义气我理应奉养他。"楼护赡养吕公一直到吕公去世。

十四 云敞葬师

汉朝人云敞,字幼儒,是陕西平陵人,拜同乡吴章为师。吴章是当时有名的大学者,弟子有一千多人。后来吴章因为参与反王莽事件被杀,吴章的弟子们都遭到禁锢,永远不能为官,吴章的弟子们纷纷改投别人门下做弟子。云敞当时是大司徒的属员,声明自己是吴章的学生,还收回吴章的尸体安葬了。京城里的人都称赞他的义气,云敞后来做官到中郎谏大夫。

十五 珠崖二义

汉朝时，珠崖的县令去世了，他的后妻有个儿子九岁，前妻的女儿名字叫初，十三岁。他们奉了丧要回家乡去。当时对珠子查得十分严，之前后母胳膊上系着一串珠子，后母把它扔掉了，她的儿子却把珠子捡了回来，放在了母亲的匣子里，母女二人都没有察觉。到了关口，官兵搜到了珠子，说："啊，谁要获罪了呢？"女儿说："母亲已经扔掉了，是我把它拿来藏了起来，应当定我的罪。"母亲说："这串珠子是我喜爱的，应当怪罪于我。"母女二人争着去死，都流下了眼泪。官兵钦佩她们的义气，把珠子扔掉了，情愿自己获罪，放她们走了。

十六 苞母勖子

汉朝的赵苞,是辽西太守。他迎接母亲到自己身边赡养,途经柳城时,正逢鲜卑族进来抢劫,把赵苞的母亲劫持为人质。赵苞悲号着对母亲说:"儿子本来是想尽自己的绵薄之力孝敬您,没想到反为您招来了祸事。"赵苞的母亲远远地对他说:"每个人都有自己的命运,哪里可以为了保全自己而做有损忠义的事情呢。你难道没听说过王陵的母亲,对着汉朝使官用剑自杀来坚定儿子志气的故事吗?"赵苞听了母亲的话,即刻出兵攻打鲜卑,鲜卑大败,就把赵苞的母亲杀死了。赵苞听闻后吐血身亡。

十七 栾布就烹
_{shí qī luán bù jiù pēng}

汉高祖杀了彭越,把他的头挂在洛阳示众,下令说:"有敢来收领彭越头颅的,就逮捕他。"栾布正巧出使齐国回来,就收了彭越的头颅,吊唁一番,因此就被捉走了。皇上要他放在铁锅里煮了,栾布说:"请让我在死之前说一句话。当皇上被困在彭城,和在荥阳打了败仗的时候,如果彭越投靠了楚国,那么汉朝就被击溃了;投降汉朝,那么楚国就被击溃。他的功劳是多么大啊。可是如今您为了收他的兵,他因为生病没来就被杀了,恐怕功臣们个个都自感处境危殆了。彭越已经死了,我活着也生不如死,请您把我煮了吧。"皇上很佩服他的义气,任命他为都尉官。

十八　郑弘上章

汉朝的郑弘认同乡的焦贶做老师，跟着他读书。后来楚王英案发生了，牵连了焦贶，焦贶被捉走，在半路上生病去世了，他的妻子儿女也被关进监狱。一时间焦贶的学生旧友，都改换了姓名来躲避灾祸。惟独郑弘剃去头发，背着腰斩用的刑具，到了皇帝的宫殿呈上奏章，为焦贶伸冤。于是显宗皇帝赦免了焦贶的家人。郑弘亲自去给焦贶送丧，又护送他的妻子孩子回到家乡。郑弘因此出了名，做了驺的县令。他为政仁慈惠爱，人民疲惫的精神得到了休养。郑弘后来升官做淮阴太守，后来又被任命为尚书令，还做了太尉。

十九 廉范狱卒
shí jiǔ lián fàn yù zú

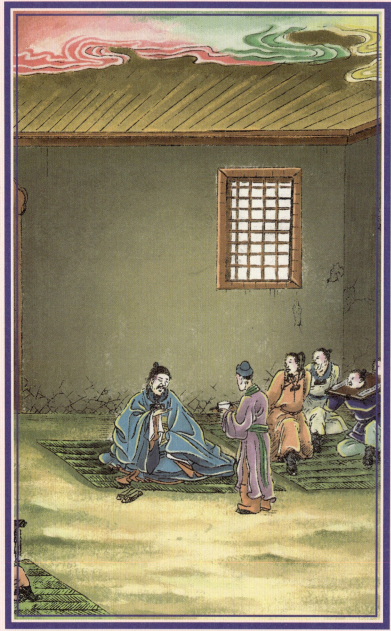

汉朝时候,廉范跟从薛汉学习,后来做了邓融的功曹官。邓融因事被州里揭发审查,廉范知道这件事情很难解决,就假托自己有病离开了,因此邓融心里很恨他。廉范到了洛阳,更改了姓名,做了监狱里的一个小卒。邓融被投到监狱后,廉范服侍在他身边,十分尽心尽力。邓融看他长得很像廉范,心里觉得很奇怪,就问廉范说:"你为什么长得这么像我以前的功曹呢?"廉范就呵斥他说:"你一定是神经错乱了!"后来邓融出狱了,但已经病得很重,廉范就跟着侍奉他。等到邓融去世,廉范也没有说出自己的真实身份。最后廉范亲自护送邓融的灵柩到南阳,安葬之后才离开。

二十 宋弘念旧

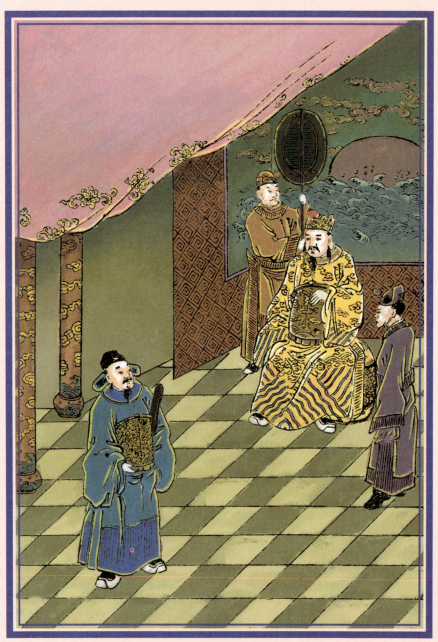

东汉人宋弘,在做司空时,正逢光武帝的姐姐湖阳公主死了丈夫,皇帝便去和湖阳公主谈论朝中的大臣们,想探探公主的心思。公主说:"宋公仪态威严,德行高,有气度,臣子之中没有一个能比得上他的。"皇帝了解了公主的心意,因此对宋弘说:"俗语说:'做了官就要把贫贱时的朋友换掉,有了钱就要把穷苦时的妻子换掉。'这不是人之常情吗?"宋弘回答皇帝说:"我只听说贫贱时候交的朋友不可以遗忘,共患难的妻子不能离弃。"皇帝就对湖阳公主说:"这个事情是办不成的了。"

二十一　巨伯请代

东汉时有个很重义气的人叫巨伯,一次,他去探望远方一个生病的朋友,正好遇到强盗们攻打府城。他的朋友说:"我身体有病,反正都是等死,你快回去吧。"巨伯说:"我跋山涉水来看你,你却叫我回去。为了求生而破坏仁义,难道是我巨伯能做出的事情吗?"强盗到了之后,巨伯请求自己代替朋友去死。强盗们听了说道:"我们也不是没有义气的人,难道会抢掠有义气的地方吗?"于是全部退去,整个府城因此得以保全。

二十二 关公秉烛

汉朝末年有个人叫关羽,字云长。蜀汉的先主刘备和他在同一张床上睡觉,感情好得跟亲兄弟一样。关羽在很多人的面前,也整天在先主的身边站立侍候。跟着先主征战,面对艰难险阻也不退避。曹操东征,攻破下邳,把关羽捉了去,让张辽劝他投降,关羽就表明要先约定三个条件。当时先主的妻子甘夫人和糜夫人也被曹操捉住了,便让关羽和两位夫人住在一个房间里,关羽就手里拿着蜡烛读书到天明。

二十三 臧洪死友

东汉末年时,有个叫臧洪的人,字子源,是东郡的太守。那时曹操攻打张超,张超情况非常危急,张超说:"臧洪一定会来救我的。"张超身边的人就说:"袁绍和曹操现在很和睦,臧洪是袁绍提拔的人,他一定不会伤了和气去招惹祸事的。"张超说:"臧洪是天下有义气的人,一定不会忘本的。"果然臧洪听闻此事后,赤着脚哭号着来找袁绍,请求带兵救难,袁绍不肯答应。张超走投无路,就自杀了。从此臧洪十分怨恨袁绍,不和他往来。袁绍派兵攻打臧洪,城被攻破,臧洪被捉,袁绍想让他投降,臧洪不肯屈服,于是被杀死了。

二十四 王修哭谭

东汉末年有个王修,给袁谭做别驾官,他劝袁谭要和兄弟们和睦相处,袁谭不听。后来袁谭被曹操杀死,头被挂在北城门上示众,并下令说:"如果有人敢来吊唁袁谭,就灭了他的三族。"王修穿戴着丧服,在袁谭的头颅底下痛哭。曹操的手下把王修捉到了曹操面前,曹操问他说:"你不顾及你三族的性命了吗?"王修说:"生前受人恩惠,人死了以后不去吊唁,不是有义气的人做的事情。我以前得到了袁谭的厚待,现在如果能把他的尸骨收去安葬,就算我全家上下都被杀死了,我也没有什么悔恨的。"曹操感慨王修的忠义,就用礼对待他。

二十五 张飞断桥

三国时，蜀汉的张飞，字翼德，是涿郡人。年轻时和关羽一起侍奉刘先主，关羽的年纪大些，张飞就以兄弟的礼仪对他。曹操进入荆州，先主逃往江南，曹操派精兵追他，追了一天一夜，追到了当阳的长阪。先主抛下妻子先走，让张飞率领二十个骑兵断后。张飞弄断了桥，立在长阪的桥头，依靠河水拒守，怒目横矛，说道："我就是张翼德，哪一个敢来和我拼个死活！"敌人没有一个敢靠近他的。先主刘备因此得以逃脱。

二十六 祖逖避难

晋朝人祖逖,性格豁达,喜欢行侠仗义,把钱财看得很轻。每到种田人家里,就假称是他哥哥的意思,把谷米和绸缎分给穷苦的人。后来京师发生动乱,祖逖率领亲戚朋友数百家,到淮泗避难。用车子和马匹拉老年人和生病的人,自己则步行。药品、衣服、粮食都是和大家共用。后来元帝任命他为刺史,祖逖因为国家山河破碎,心里总是怀着收复振兴祖国江山的愿望,最后终于收复了晋朝失去的土地。

二十七 敏元奋剑

四十八则义的典故

晋朝人刘敏元,字道光,修身好学,喜欢研究星历阴阳术数。永嘉年间,天下大乱,同乡管平年纪已经很大了,跟着刘敏元向西逃亡,被强盗劫去。刘敏元跟强盗说:"这位先生年纪大了,剩下的寿命不多了,我愿意用我的生命代替他的。"强盗的头儿想放了他们,但其中一个强盗不肯,刘敏元提起宝剑挺身向前,说:"我难道是贪生怕死的人吗?请让我替你们把这个人除掉。"强盗头儿制止了他,说:"你真是个有义气的人。"于是把刘敏元和管平两人都放了。刘敏元后来做了太尉长史。

二十八 温峤求粮

晋朝时，温峤和陶侃一起起兵讨伐苏峻，温峤向陶侃借粮草，陶侃不给。温峤对陶侃说："军队打胜仗的关键是人和，这是古时传下来的好教训。我们都受着国家的恩典，如果事情成功，那么君臣都能够享福；如果失败，那么只好粉身碎骨向先帝谢罪。如今战事没有可回旋的余地了，就像骑在老虎背上，怎么能够跳得下来呢？您如果妨碍了大家，使战事失败，那么我们起义军进攻的大旗就要调转方向，指向您了。"陶侃醒悟了，于是分了粮草给温峤，水军陆军一同进攻，在白石把苏峻斩杀了。

二十九 进之救友

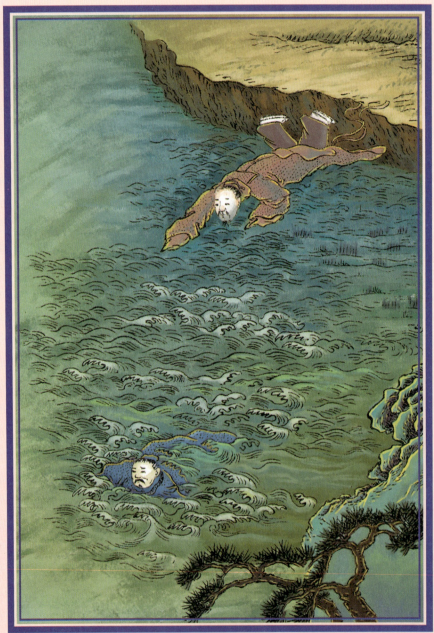

南北朝时期，南宋朝的张进之家境很富足。饥荒年间他疏散钱财，救济乡亲，他家因钱财散尽变得穷苦，得到他资助的人却非常多。当时太守王味之被朝廷通缉，于是便躲到张进之家避难。张进之招待他很久，并且竭尽全力，十分诚心。有一次，王味之掉入水中，张进之跳到水里救他，结果双双沉没在水中，过了很久才被人救起。当时强盗很多，但到了张进之的门前，强盗们互相约定好了不去侵犯。

三十 孙赵培城
sān shí　sūn zhào péi chéng

南北朝的时候,西魏人孙道温的妻子赵氏,是安平县人。万俟丑奴造反,围困岐州,很长时间援兵都没有到。赵氏就对城里的妇女们说:"如今岐州的城池眼见着就要沦陷了,我们身为妇女,义理上和男子一样,也有责任分担忧愁。"妇女们都被她的话感动了,竞相挑泥土,日日夜夜修理城头,城池于是得以保全。大统六年,西魏国君任命孙道温做岐州刺史,并封赵氏为平安县君。

三十一 公义变俗

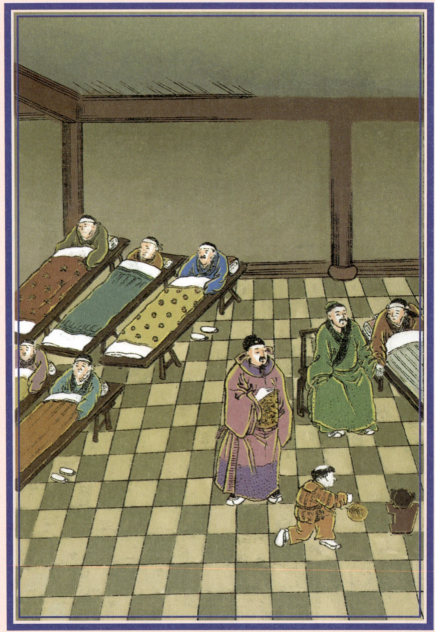

隋朝的辛公义,是岷州刺史。岷州的风俗是家里一个人得了病,全家的人都会避开,孝道仁义都不讲。因此生病的人几乎都死了。辛公义想要改变这样的风俗,因此下令凡是生病的人,都用轿子抬到衙门大厅里,然后请医生来医治他们。等病人痊愈了,就召集他的家人亲戚,对他们说:"如果疾病会互相传染,那我已经死了。"众人感动得落泪。这种风俗因此改变。全境的百姓都称辛公义为慈母。

三十二 元振济寒

唐代人郭元振,十六岁时就入太学为太学生。有穿着丧服的人敲郭元振的门说:"我家五代灵柩都没有安葬,散落在各个地方。如今我想替他们迁坟墓,但是没有钱,请您接济我一下。"正逢他家里给他寄了四十万钱,郭元振也不问对方的姓氏,就把钱全部给了对方,没有丝毫吝惜。等郭元振长大做了官,十分体恤人民、善于驾御下属,少数民族都敬畏他。郭元振后来被封为代国公。

三十三 平阳义师

唐朝的平阳公主,是高祖的女儿,嫁给柴绍做妻子。后来高祖起兵,公主住在长安,柴绍说:"你父亲将派兵清扫京城,我想到他那去,可是不能跟你一起了,怎么办呢?"公主说:"你走吧,我自有计划。"柴绍走后,公主就分散了家产,招了几百个士兵去接应她父亲。又招降了当时有名的强盗何潘仁,并制定了军法,禁止士兵抢掠,于是远近的都来归附她,平阳公主的威名震惊了关中。高祖率领军队渡过黄河,柴绍从南山去迎接他,公主带领一万精兵,和兄弟亲王在渭北会合。柴绍和平阳公主夫妻二人对设了两个营盘,分兵平定京师。当时的人把平阳公主的军队称作娘子军。

三十四 李杨保城

唐朝人李侃的妻子杨氏，很懂得大义。李侃在项城做县官时，李希烈去攻打项城，李侃因为士兵少而且粮草缺乏，就想逃跑。杨氏对丈夫说："如果你放弃了这座城，那么这些地就是贼寇的地，仓库里储存的粮食就是他们的粮食，城里的百姓全都是他们的战士了。请您用重金奖赏招募敢死的勇士，这样或许还有挽救的余地。"于是李侃就对他的部下和百姓们说："我作为县官，虽然看起来是这座城的主人，但年限一满我就离开了。你们生活在这里，祖先的坟墓也在这里，这里是你们的家园，大家应当拼死防守。"众人流着眼泪答应了。李侃就下令说："用瓦石击中盗贼的，赏赐一千钱；用刀箭杀死盗贼的，赏赐一万钱。"于是李侃招募到了几百人，终于保全了城池，打退了贼寇。

三十五 汉宾惠人

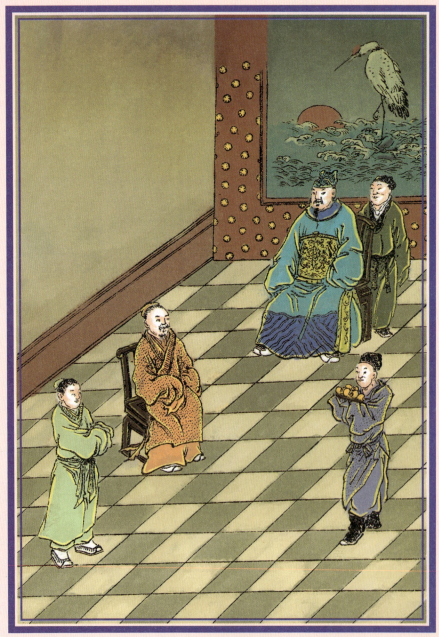

五代时，后梁人朱汉宾，是潞州的节度使。后来又调到晋州任职。只要在他的任期内，蝗虫就会飞出他管辖的地方。他到平阳时，恰逢大旱，朱汉宾亲自前往龙子祠祷告，第二天雨就下得很充沛了，四境之内粮食都获得了丰收。等他告老还乡，亲戚旧友中有穷困的，办不起丧葬，朱汉宾就送给他们棺木入殓；有婚嫁大事没有完成的，朱汉宾就资助给他们钱财。受他恩惠的有数百户人家，郡里的人都十分称赞他的义气。

三十六 章练全城

南唐的大将王建封,最初是闽国元帅章仔钧的部下军将。有一次王建封延误了军期,按照法律是要被斩首的,章仔钧的妻子练夫人可怜他,给了他钱,叫他逃跑了。后来,等到南唐攻打建州,要杀尽城里的百姓。王建封脱掉盔甲,步行去见练夫人,说要保全她的家人亲戚。练夫人说:"建州的百姓是没有罪的,希望将军能放了他们。如果将军不能饶恕建州的百姓,那我宁愿死在百姓前头。无论如何,我绝对不独自苟活。"王建封很钦佩练夫人的义气,于是全城的百姓都保全了性命。

三十七 禹钧义方

后周人窦禹钧，三十岁的时候还没有儿子，有一回做梦，梦见他的祖父对他说："你命里注定没有儿子，而且寿命也很短，你要赶快多做善事。"于是窦禹钧就办了一间义塾，请了有名的先生，供给他衣食，叫他教导一班四处游学的读书人。族人亲戚里凡是有丧事但没钱举办丧礼的，窦禹钧都出资替他们安葬；凡是孤苦贫穷没办法嫁人的女子，窦禹钧都出资帮她们办嫁妆。后来窦禹钧连生了五个儿子，都地位显达，窦禹钧也一直活到了八十二岁。冯道送给他一首诗，诗里这样说道："燕山窦十郎，教子有义方。灵椿一株老，仙桂五枝芳。"

三十八 查道博施

宋朝人查道,小时候在地上画大房子,说:"这应当分给那些没有父母和没有了丈夫的人住。"查道长大后想要上京考试,但家里贫困没钱去,亲戚族人就凑集了三万钱给他。查道路过父亲的朋友吕翁的家,吕翁死了,因为没有钱办不了丧事,正打算把女儿卖了得些钱来办丧。查道给了吕家办丧事的钱,并且还为吕翁的女儿挑选女婿,又另外给了她一笔钱。一次,查道又有一个老朋友死了,十分贫困,打算把女儿抵押给别人做丫环,查道也为他赎了回来。

三十九 仲淹义田

宋朝宰相范仲淹,字希文,吴县人。自幼孤贫,勤学苦读,平生乐善好施。凡是他亲近又贫困的人,或是疏远却贤良的人,他都接济他们。在他当宰相的时候,用俸禄买了靠近城郭的好田一千亩,称之为"义田",给贫穷无田者耕作,粮食用来赡养接济穷人。让穷人每天有饭吃,每年有新衣服穿,遇到嫁娶丧葬这些事情都给他们补贴。选择他族年长又贤良的人按计划进行银钱的付出和收入。实现了范仲淹年轻时接济利益穷人的宿愿。

四十 孝基还财

宋朝人张孝基,娶了同乡的一个富人家的女儿为妻。富人家只有一个儿子,但是不成材。富人死后,把全部家产都交付给了张孝基。后来富人的儿子成了乞丐,张孝基见到他,问他说:"你能浇灌园圃吗?"回答说:"能。"于是张孝基便让他浇灌园圃,富人之子十分尽力。过了一段时间,张孝基又问他:"你能管理仓库吗?"回答说:"能。"一段时间后更觉得富人之子敦厚谨慎。后来张孝基便把他父亲的财产全部归还给了他。

四十一 天祥衣带

宋朝人文天祥起兵援救王朝兵败后,被元朝所虏获。元朝君主听说他是个贤人,召见他,问他有什么愿望。文天祥回答说:"宋朝既然已经灭亡,我只愿能赐我一死。"临刑时,泰然自若。他的衣带里有一首赞:"孔曰成仁,孟曰取义,惟其义尽,所以仁至。读圣贤书,所学何事?而今而后,庶几无愧。"意思是说:"孔子说杀身成仁,孟子说舍生取义。只有当义气尽到极点时,仁心才能到来。人们读古圣贤的书,是为了什么呢?从今以后我便可以问心无愧了。"

四十二 刘濠焚宅

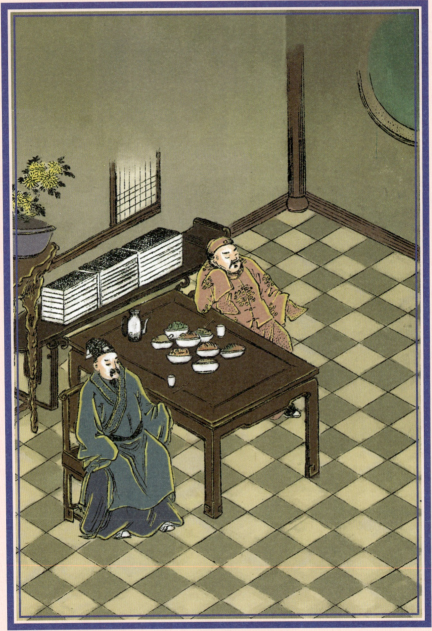

宋朝人刘濠,是翰林掌书。宋朝灭亡后,他的同乡林融提倡组建义师,事情败露,元朝廷派遣使者查抄登记林融的同党,许多人都受到了牵连。使者归途中借宿在刘濠家,刘濠灌醉了使者然后点燃了自己的房子,记载同党的簿籍全部被烧毁。使者没有办法,只好另造了一本簿籍,受牵连的人都得以幸免。刘濠的曾孙子刘基,辅佐明太祖灭了元朝,封为诚意伯,人们都说这是沾了祖上德行的光。

四十三 唐珏收骸

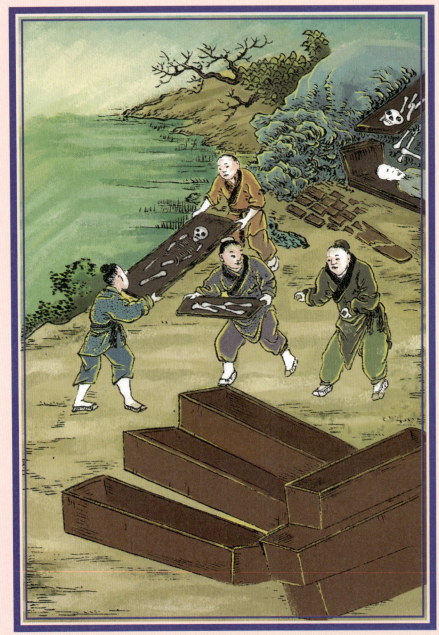

宋朝时,有一位义士唐珏,字玉潜。宋朝灭亡后,元代的一个和尚杨琏真加贪慕宋朝皇帝陵墓中的金银珠宝,于是便挖掘开了皇帝皇后的陵墓和大臣们的墓穴。唐珏得知后心里十分悲痛愤恨,于是卖掉了自己的家具,用这笔钱置办了一桌酒席,暗地里召集了多位青年,哭着对他们说:"我不忍心看皇帝的骨头暴露在田野之外,所以已经造了六个石盒子,取皇帝年号的一个字刻在上面。"大家就照着唐珏的话,把皇帝们的骸骨放在石盒里,葬在了兰亭山后。听闻这件事的人都称赞唐珏的义气。

四十四 苏轼还屋

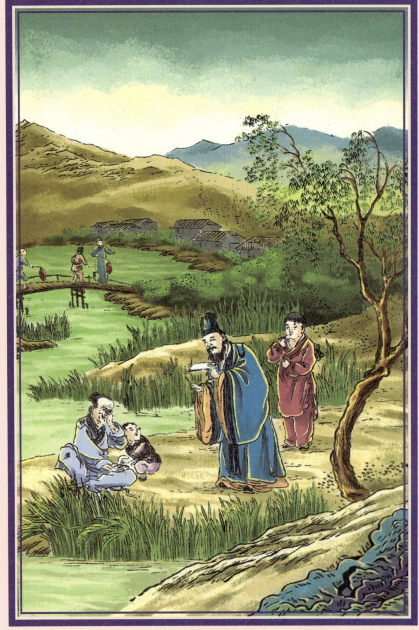

宋朝的苏轼,字子瞻,自号东坡居士。苏东坡居住在阳羡的时候,曾用五百千文买了一座房子。快搬进去住的时候,一天晚上走在路上,听到有一个老妇人哭得非常悲伤。苏东坡就问她为什么这么伤心,老妇人说自己家的老房子从祖上传下来,已经一百多年了,现在一天之内就要永远离开了,所以哭泣。苏东坡问她房子在哪,结果就是他用五百千文买的那座房子。于是苏东坡取出房契烧掉,也不跟她讨回契价,就把房子还给了她。后来苏东坡回到毗陵,不再买地。

四十五 文之不屈

宋朝的张文之，在濠州做通判。金国的军队打进来了，太守孔福打算连夜逃跑，张文之对他说："你如果轻易放弃，那城池怎么办呢？"于是张文之就带兵和敌人抗战十多天，经过二十多次战役，最终因为没有援兵被俘虏了。金兵把张文之押送到燕山，要任命他官职，让他投降金国，张文之不肯屈服。于是金兵要把他囚禁在洞穴里，张文之说："我的祖先世世代代承受宋朝的恩典，我难道能昧心背叛我的国家么？"金人也很敬重他的义气，就把他的脚镣和手铐稍微放松了一些。后来王忭到金国议和，看到这般情形，回去就向皇上奏明，皇上听了也十分叹惜，就接济张文之的家人，并让他的儿子做了官。

四十六 蔡伸发廪

宋朝人蔡伸，字申道，是政和年间的进士，历任太学博士，后升任真州、饶州、徐州和楚州四州的通判。在真州做官时，大火延绵，烧毁了一千多户人家，真州的百姓露宿在雪地里，老少悲惨的哭声响彻道路。蔡伸下令开放寺庙和衙门的房子，分给百姓居住，又下令开放粮仓发放粮食赈济他们。管粮仓的人不肯，蔡伸说："这是国家储备用来有重大事故发生时使用的，如果有任何罪责，我一个人承担。"后来这件事情上报给朝廷，朝廷宽恕了他，不再过问，把他调到滁州、和州等地方做官。

四十七 敬益归田

元朝人魏敬益，重义气，乐善好施。一天，魏敬益对他的儿子们说："我买了四庄村的农田一千顷。看看四庄村的这些村民，都不能够养活自己，我十分可怜他们。现在我要把这些农田归还给他们，你们以后只要谨慎地守着剩下的农田，就不至于挨饿了。"于是就叫来了四庄村的村民们，对他们说："我买了你们的田地，使你们过穷苦日子，是我不仁义。现在我把田地归还给你们。"众人都惊讶得说不出话，不敢相信、不敢接受。敬益坚持要还给他们，他们才高兴地接受了。

四十八 张霍守堡

明朝人张铨的妻子霍氏，是冀南人。当时流贼侵犯边境，大家商议准备弃城逃走。霍氏对他的小儿子说："如果我们为躲避流贼逃出去，自己的家园就先不保了；逃到外面如果遇到流贼，性命也不保了。反正都是一死，死在家里不比死在郊野外更好吗？况且如果我们坚守，那么流贼一定不能攻破城池。"于是霍氏就亲自率领仆役，帮助防守。流贼来了，围攻小城，小城里发出了许多的箭、投出很多的石头，流贼不能攻破小城，就撤走了。那些逃出去躲在深山野谷里的人，大多被流贼奸淫抢掠，而张氏家族的人全部得以保全。副使王肇生命名那个堡为"夫人堡"，以此表彰霍氏的功劳。